KB036535

⟪ 나를 찾는 비밀의 책 ⟫

BURN
AFTER
WRITING

샤론 존스 지음
신선해 옮김

ㄱㄴㄷ

펜은 키보드보다 강하다

◇◇◇

손으로 쓴 글은 지문이나 음색, 걸음걸이처럼 저마다 고유한 특색을 지닙니다. 글을 쓴 의도만큼이나 그 글의 정체도 드러나지요. 펜을 종이에 가져다 댈 때, 당신은 자기 자신을 내보이게 됩니다.

순식간에 무한한 복제가 이루어지는 시대, 오직 고유한 것만이 여전히 아름답습니다. 당신의 후손들이 과연 당신의 페이스북, 인스타그램을 읽기나 할까요?

현실 세계를 위한 것, 결국 진정한 자신이 될 수 있는 유일한 공간으로 남을 무언가를 지켜내십시오. 아름다운 것을 손으로 써두면 영원히 사라지지 않으리라 확신할 수 있습니다.

어서 오십시오

◇◇◇

삶의 중요한 질문들과 마주할 기회가 여기 있습니다.

'당신은 지금 누구입니까?'
'여기까지 어떻게 왔나요?'
'어디로 가고 있습니까?'

이 책에는 탐색용 질문,
심리 게임, 사고실험, 과제 등이 담겨 있습니다.
전부 당신이 가장 좋아하는 주제,
즉 당신 자신에 관한 것들이지요.

재미 삼아 해보든 아주 진지하게 임하든 상관없습니다.
두 가지 태도를 다 지녀도 좋습니다.
어디까지나 당신에게 달린 일입니다.

하지만 모두 끝내고 나서는 반드시
묻어버리거나 감추거나 잠그고 잊어버리십시오….
아니면 쓰고 태워버리세요.

이 책은
모든 것을 '공유'하는 사회의 대세에 반하여
아무것도 공유하지 말 것을
당신에게 정중히 요청합니다.

당신의 책에
오신 것을
환영합니다

———◇———

이것은 당신의 일급 비밀문서입니다.

당신이 사는 세상에서
아무도 모르는 서랍에 숨겨져 있어요.

오로지 당신만 볼 수 있습니다.
남들 시선을 의식할 필요 없이 자유롭게
자신만의 진실을 말할 수 있는 공간입니다.
여기서만큼은 삶이 씌우는 겹겹의 가면을
모조리 벗을 수 있습니다.

이것은 당신을 탐구하는 긴 인터뷰이자
획기적인 사고실험입니다.

실험의 대상도 당신, 결과도 당신이지요.

어른이 되면서 우리는 남들 눈에 들게끔
자기 자신을 표현하는 데 중점을 두게 됩니다.
그런 태도를 잠시 내려놓는 게 어떨까요?
시간을 내십시오. 커피 한잔과 함께, 조명등 아래서
이 책에 흠뻑 빠져보는 겁니다.

어떤 항목들은 찻잔 속 찻잎들이
만들어내는 무늬처럼 우연한 것이고,
또 어떤 항목들은 이제껏 전혀 알지 못했던
사실을 깨닫도록 이끌 것입니다.
모두 세심히 의도된 것입니다.

자, 이제 진실 게임을 시작할 시간입니다.
당신 외에 아무도 보는 이가 없다면
당신은 얼마나 진실해질 수 있습니까?

권리 포기 각서

진정한 당신이 아니라면 이만 책을 덮으십시오. 당신이 아닌 것은 여기에 적힐 수 없기 때문입니다. 이 부분을 아무렇지 않게 건너뛰고 닥치는 대로 이 페이지 저 페이지 열어젖히지 마십시오. 안 됩니다. 당신은 전적으로 이 책을 믿고 따라야 합니다.

책장을 넘기기 전에, 벼랑 끝에서 한 발짝 더 내디디려 하는 바보처럼, 잠시 멈추고 이 책이 신성시하는 가치관을 잘 생각해보십시오.

1. 나는 여기 있는 모든 질문에 한 치의 거짓도 용납지 않는 마음 가짐으로 아주 솔직하게 대답할 것이다.

2. 나는 책 전체를 빠르게 훑으며 살피는 마법의 힘을 사용하여 현재 내 상황에서 가장 의미 있는 질문을 선택할 것이다.

3. 나는 내 마음속 길들을 돌아다니며 잠긴 문을 모두 열 것이다.

이 고결하고 대담한 가치관들을 따를 수 있다면, 그렇다면 좋습니다. 진실과 자기 이해의 사회가 기꺼이 당신을 맞이합니다. 다음의 문장을 당신 손으로 직접 적으십시오.

나는 이 책의 신앙을 충실히 따를 것을 맹세합니다.

이제 책장을 넘겨도 좋습니다.
믿음을 갖고 무작위로 한 페이지를 선택하세요.
(어쩌면 페이지가 당신을 선택하는 것일 수도 있습니다.)

쓰고 나서 태우십시오.

BURN

AFTER

WRITING

당신은 진실을 피해 숨을 수 없지만,
진실은 단연코 당신을 피해 숨을 수 있습니다.

무릇 예술가란
거짓을 이용해 진실을 말하는 사람이라고들 합니다.
특히, 자기 자신에 대한 글을 쓸 때
온전한 진실을 말하기란 불가능합니다.
때로는 다 말하지 않은 것에 거짓이 있습니다.
때로는 그럴듯하게 꾸민 말에 거짓이 숨어 있습니다.
하지만 말이나 글은 말과 글일 뿐 내용 자체가 아니며,
단어와 그 순간 사이에는 엄청난 간극이 존재하기 때문에
허구의 요소는 항상 존재합니다.

이어지는 질문들 앞에서 당신은 얼마나 진솔해질 수 있습니까?
진실을 말할 때면 기분이 어떤가요?
여기서 진짜 질문은 이것이 아닐까 싶군요.
즉, 극도로 편향된 자신의 눈으로
자기 자신을 명확히 꿰뚫어 보는 것이 어떻게 가능할까요?

이 책을 어떻게 사용하기로 마음먹었건 간에,
대답에 앞서 '진실'에 대해 깊이 생각해보십시오.
그러면 적어도 자신이 거짓말을 하는지 아닌지
알 수 있을 것입니다.

무언가를 **왜곡**하지 않고
바라볼 수는 없습니다.

자기 자신을 있는 그대로
바라볼 수도 없습니다.

과거

THE PAST

실제로 일어난 일은 바뀔 수 없는데,
그 일에 대한 기억은 매번 달라집니다.
무언가를 기억할 때마다
각각 다른 각도에서 촬영한 장면처럼 재생되지요.

우리는 언제나 현재의 필요에 맞추어
자신의 과거를 다시 고칩니다.
오늘 밤엔 정반대로 해봅시다.
자기 과거의 단편들 속에서
새로운 이야기를 찾아내는 거예요.
당신과 현재의 관계를
완전히 재창조하는 이야기를 말이죠.

이것은 규칙이 없는 재미있는 게임입니다.
하지만 실은 많은 규칙이 있답니다.
이 게임의 규칙이 무엇인지 아는 사람은
오직 당신뿐입니다.

자, 시작해볼까요?

나의 가장 오래된 기억

_____

_____

_____

_____

어린 시절 내가 꿈꾸었던 장래 희망

_____

_____

_____

_____

과거를 돌이켜볼 때 가장 그리운 것

_____

_____

_____

_____

나의 어린 시절을 한 단어로 표현하면

자라면서 내 방 벽에 붙였던 포스터

내가 절대 잊지 못할 단 하나의 가장 친절한 행동

내가 존경하는 역사 속 인물들

나의 처음

◇◇◇

'처음'은 영혼의 지진과도 같습니다.
결코 잊을 수 없고 지속될 수도 없는 데다
파괴적인 속성까지 지녔으니까요.
하지만 서툴고 열정적이었던 첫 경험의 잔해에서
굉장히 매력적이며, 역경을 딛고 일어설 줄 아는
한 명의 어른이 탄생하는 법입니다.
안타깝게도 우리는 항상
처음이 영원하기를 바라지요.

처음 사귄 친구

첫사랑

처음 샀던 음반

첫 해외여행

첫 직업

첫 차

첫 공연

첫 학교

첫 키스

첫 선생님

처음 마신 술

무언가를 처음으로 했던
마지막 때는 언제입니까?

회상

◇◇◇

기억의 정원을 거닐어봅니다.
어렴풋한 과거의 나날로 들어가세요.
모두가 좋았던
옛 시절을 이야기합니다 ….

어린 시절에 좋아했던 음악

내 돈으로 처음 샀던 물건

내가 비로소 어른이 된 나이

내 삶에 가장 큰
영향을 끼친 사람

내가 가장 사랑한 사람

가장 힘들었던 일

인생을 다시 살 수 있다면
바꾸고 싶은 것

내 기억에 가장
처음 들었던 노래

어린 시절에 모았던 물건들

어린 시절에 품었던 포부

내 인생에 가장
큰 영향을 준 선생님

예전에 나의 부모님은 …

나의 첫 반려동물

성장기에 가장
친하게 지냈던 친구

잃어버린 지 오래된,
하지만 다시 보고 싶은
어린 시절의 내 물건

내가 땅을 치며 후회하는 한 가지

내가 푹 빠졌던 것들

내가 가장 잘 했던 것

내 인생에 가장 큰 영향을 끼친 책

살면서 했던 가장 미친 짓

가장 극적이었던
인생의 갈림길

시도해본 건 좋았지만 다시는 하지 않을 세 가지

1. _____

2. _____

3. _____

내가 절대
용서하지 않을 것

살면서 가장 좋았던 다섯 가지 순간

1. _____

2. _____

3. _____

4. _____

5. _____

항상 하고 싶었지만 한 번도 해본 적 없는 다섯 가지 일

1.

2.

3.

4.

5.

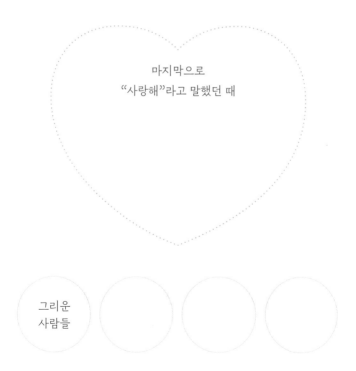

마지막으로
"사랑해"라고 말했던 때

그리운
사람들

가장 심하게
억장이 무너졌던 일

10대 시절에 했던
가장 영리한 선택

돌이켜보면
죄책감이 드는 일

애당초
만나지 않았더라면
좋았을 사람

내 인생을
세 문장으로
표현하면

내가 좋아하는 것들

◇◇◇

때때로 무언가가 나타나
당신을 뛸 듯이 놀라게 하곤 합니다.
마치 누군가가 당신의 영혼을 꿰뚫어 보고
당신만을 위한 곡을 쓰기라도 한 듯,
마침내 당신을 이해하는 존재가
생긴 것 같은 기분이 들지요.
그것들은 당신과 함께 성장하면서
당신의 삶을 더욱 풍요롭게 만들어줍니다.

내 인생의 TOP 5

최고의 가수 또는 그룹

1.

2.

3.

4.

5.

최고의 앨범

1.

2.

3.

4.

5.

최고의 노래

1.

2.

3.

4.

5.

최고의 공연

1.

2.

3.

4.

5.

최고의 책

1.

2.

3.

4.

5.

최고의 영화

1.

2.

3.

4.

5.

세계 최고의 장소

1.

2.

3.

4.

5.

최고의 도시

1.

2.

3.

4.

5.

최고로 멋진 경험

1.

2.

3.

4.

5.

최고의 일반인

1.

2.

3.

4.

5.

최고의 유명인

1.

2.

3.

4.

5.

최고로 창의적인 천재

1.

2.

3.

4.

5.

누군가(현존하든 아니든)와 48시간을 함께
보낼 수 있다면 나는 누구를 선택할 것인가?

열여섯 살 때의 나라면 지금의 나를
얼마나 괜찮은 사람으로 여길까?

어느 시대에서든 살 수 있었다면
나는 어떤 시대를 선택했을까?

내 지난 3년을
세 단어로
표현하면

지난 12개월 동안 내가 이뤄낸 일 중
가장 자랑스러운 세 가지

1.

2.

3.

지금까지 내 삶에서 가장 결정적이었던 순간

요즘 내 머릿속을 떠나지 않는 것

오늘의 나를 있게 한 다섯 가지 중대한 경험

1.

2.

3.

4.

5.

내가 좋아하는
어릴 적 추억

내가 정해야 했던 가장 어려운 선택

살면서 했던 가장 어리석은 짓

즉문즉답, OX

"나는 _____ 한 적이 있다"

사랑에
빠져봤다

운전면허
시험에 떨어진
적이 있다

비행기에서
뛰어내린 적이
있다

뼈가 부러진
적이 있다

트로피를
받아봤다

외국어를
배운 적이
있다

온천에 가봤다

누군가와
입맞춤하고 후회
한 적이 있다

담배를
피워봤다

구급차를
타봤다

누군가를 거절한
적이 있다

헬리콥터를
타봤다

유명한 사람을 만난 적이 있다	유언장을 썼다	배우자 또는 연인의 인터넷 기록을 찾아본 적이 있다
애국가 가사를 알고 있다	대부 또는 대모가 되어본 적이 있다	누군가를 땅에 묻어봤다
결혼한 적이 있다	다른 사람과 함께 샤워해본 적이 있다	헌혈을 해봤다
시를 외워봤다	값비싼 물건을 망가뜨린 적이 있다	성형수술을 고려한 적이 있다
번지점프를 해봤다	성형수술을 해봤다	타로카드 점을 본 적이 있다

부모님과
함께 춤을 춘
적이 있다

높은 곳에서
뛰어내려봤다

다이빙을 한
적이 있다

다이어트를
해봤다

상상의 친구를
둔 적이 있다

신랑 또는
신부의 들러리가
된 적이 있다

연인과
헤어졌다 다시
사귄 적이 있다

대회에서
우승해봤다

내 인터넷
기록을 삭제한
적이 있다

많은 사람
앞에서 연설한
적이 있다

밤을 새워봤다

소개팅을
해봤다

마사지를
받아봤다

노래방에서 노래
한 적이 있다

일출을 본
적이 있다

일몰을 본 적이 있다	도박으로 돈을 잃은 적이 있다	허세를 부린 적이 있다
TV에 출연한 적이 있다	거지에게 돈을 준 적이 있다	이혼한 적이 있다
손으로 연애편지를 써봤다	등산을 해봤다	동성의 누군가에게 반한 적이 있다
다이어트를 두 번 해봤다	병 속에 쪽지를 넣어 강이나 바다에 띄운 적이 있다	정말 웃기는 농담을 하나 이상 알고 있다
최저임금을 받고 일해봤다	바람을 피운 적이 있다	내기에서 이겨봤다

시를 써봤다

공연을 해봤다

총을 쏴봤다

동창회에 가봤다

디제잉을 해봤다

응급처치법을
배운 적이 있다

사람의 목숨을
구한 적이 있다

누군가의 마음에
상처를 준 적이 있다

자원봉사를 해봤다

경찰관에게
거짓말을
한 적이 있다

카드 마술을 배워봤다	학위를 땄다
펜팔 경험이 있다	24시간을 내리 뜬눈으로 보낸 적이 있다
아이를 후원한 적이 있다	다리 찢기를 해봤다
재혼했다	의사에게 거짓말한 적이 있다
장기기증 희망자로 등록돼 있다	Check List

그 과정에서 내가 배운 것들

그 과정에서 내가 배운 것들

고해성사

◇◇◇

진심 어린 고백만이
영혼을 환히 밝힙니다.
이 페이지를 당신의
고해실로 여기십시오.

나는 고백한다

처음과 마지막

◇◇◇

'처음'이란
역사적이고 뜻깊으며 기억에 남는 법입니다.
새로운 가능성, 다음에 대한 기대와 설렘이 가득하지요.
하지만 마지막 순간들에도 생각의 곁을 주세요.
그 결과와 영향을. 당시에는 예상조차 못 하고
맞이했던 여러 번의 끝을….

나 자신을 설명할 때 맨 처음 쓸 단어

내가 행복하다고 느꼈던 마지막 순간

내가 나라의 지도자가 된다면 맨 처음 할 일

잠들기 전 마지막으로 떠올리는 생각

나의 첫사랑

내가
마지막으로
울었던 때

처음으로 실연당한 때

내가 신뢰할 사람들을
줄 세운다면 맨 처음에 있을 사람

내가 의지할 사람들을
줄 세운다면 맨 마지막에 있을 사람

마지막으로
"사랑한다"고 말한 때

내가 처음으로 맺은
진짜 인간관계

위급할 때 내가 가장 먼저 연락할 사람

내가 마지막으로 자축했던 때

마지막으로 무언가를 열망했던 때

사랑하는 사람을 처음으로 잃었던 때

처음으로 무언가에 실패했던 때

처음으로 뭔가 해냈다는 생각이 들었던 때

성공한 기분을 마지막으로 느꼈던 때

내가 처음으로 감동한 노래

마지막으로 "고맙다"고 말한 때

Love

내가 처음으로 반한 사람

_____

_____

내가 마지막으로 화가 났던 때

집에 불이 나면 가장 먼저 챙길 것

무언가에 나의 전부를 쏟아부었던 마지막 때

YOLO

You Only Live Once

욜로

인생은 한 번뿐!

현재

THE PRESENT

현재는 역사를 이룬 모든 순간과 다르지 않습니다.
지금 이 순간에 모든 것이 있지요.
현재가 없으면 아무것도 없습니다.

사람들은 당신이 '순간'을 위해 살기를 바랍니다.
주의가 산만하고 기억력이 좋지 않은 사람을
구워삶기가 대개 더 수월하기 때문입니다.
하지만 지금 이 순간 진정 당신은 어디에 있습니까?
이 질문에 답하려면 현재를 벗어나
성찰의 공간으로 들어가야 합니다.

시간을 멈추십시오.
당신이 타고 있던 시간의 흐름에서 내려
그곳을 되돌아보세요.
현재를 제대로 보려면 현재의 바깥에 있어야만 합니다.
그러니 당신 자신을 글로 표현해보십시오.
나비를 스크랩북에 끼워 누르듯, 부단히 움직이는
당신의 주관성을 그대로 굳혀 고정된 상태로 만드십시오.

생생했던 순간에 오롯이 담긴 혼돈의 소동을 통해
그 너머에 있는 주옥같은 진실을 꿰뚫어 보십시오.

지금 이 순간, 당신은 어디에 있습니까?
지금 이 순간, 당신은 누구입니까?

내 삶의 가장 큰 자극제

내가 가장 아끼는 물건

오늘 내가 배운 것

내가 놓아주어야 할 것

천만 원이 생긴다면 어디에 사용할 것인가?

내 목덜미에 소름이 돋게 하는
노래 한 곡

바꾸고 싶은 내 모습 한 가지

지금 내 신경을 건드리는 세 가지

1.

2.

3.

내 미디어 플레이어에서 셔플 버튼을 누를 때
가장 먼저 재생되는 음악 다섯 곡

1.

2.

3.

4.

5.

오늘 내가 역사 속 인물
한 사람과 대화할 수 있다면,
그 사람은 누구일까?

관계를 바로잡고 싶은
한 사람

내 인생의 명언

나를 행복하게
하는 것들

만약 내가 램프 요정 지니의 주인이 된다면
빌고 싶은 세 가지 소원

1.

2.

3.

.

내 자서전 제목

_____

_____

내 삶의 '소확행'

내가 한 사람에게 뭔가 한 가지를 줄 수 있다면,
누구에게 무엇을 줄 것인가?

_____

_____

_____

날 웃게 하는 것들

내가 남몰래 부러워하는 것

지금 당장 세계 어디로든 갈 수 있다면,
그곳은 어디일까?

아무도 모르게
누군가를 염탐할 수 있다면,
그 사람은 누구일까?

내가 가장 두려워하는 것

이것이 바로 나

◇◇◇

현재를 충실히 살 것인가,
미래를 계획할 것인가?
모두가 제 나름의 선택을 하겠지요.

들으세요. 듣지 마세요.
지금 있는 곳에 있으세요.
자기 자신이 되세요.

모두가 당신에게 지금이
인생의 전성기라고 말합니다.
어찌나 부담스러운지!
그들이 틀렸습니다.
당신은 지금 거기에 있으면 돼요.
아무도 진짜로 당신보다 더
인생을 즐기고 있지 않아요.
다들 그런 척하는 것뿐입니다.

내가 공들이고 있는 '중대한' 일

_____

_____

_____

_____

내 성격을
여섯 단어로
표현하면

내가 내 나이를
모른다면
지금 나를 몇 살로
생각할까?

특정 나이에
영원히 머무를 수 있다면
나는 몇 살을 선택할까?

지금 당장
냉장고로 간다면
거기서 찾을 한 가지

내 인생에 필요한 다섯 가지

1.

2.

3.

4.

5.

내 인생에서 원하는 다섯 가지

1.

2.

3.

4.

5.

솔직해집시다

◇◇◇

솔직해집시다.
가면 뒤에 숨은 뭔가가 있다고 칩시다.
무엇이 있습니까?
당신은 누군가요?

나는   이다.

나는   이/가 아니다.

나는   을/를 흠모한다.

나는   을/를 혐오한다.

나는   한 적이 있다.

나는   한 적이 없다.

나는   을/를 좋아한다.

나는   을/를 좋아하지 않는다.

나는   을/를 사랑한다.

나는   을/를 싫어한다.

나는 _____ 이/가 필요하다.

나는 _____ 을/를 원한다.

나는 _____ 을/를 할 수 있다.

나는 _____ 을/를 할 수 없다.

나는 언제나 _____ 한다.

나는 절대로 _____ 하지 않는다.

나는 _____ 이/가 두렵다.

나는 _____ 이/가 두렵지 않다.

나는 _____ 을/를 잘한다.

나는 _____ 을/를 잘 못한다.

나는 _____ 을/를 더 원한다.

나는 _____ 을/를 덜 원한다.

내가 절대로 존중할 수 없는 것

_____

_____

_____

내 이름을 바꿀 수 있다면
무엇으로 바꾸겠는가?

TV 프로그램에
고정으로 출연해야 한다면
어떤 프로그램일까?

한 사람을 가둬놓고
하루 동안 고문할 수 있다면
누굴 가두겠는가?

어느 정도 돈을 써도
아깝지 않은 한 가지

사람을 세뇌하는
기계가 있다면 그 기계를
누구한테 쓰겠는가?

지금 이 순간
내 머릿속에 가장 먼저
떠오르는 노래

만약 내가 복권에 당첨된다면
무엇을 할 수 있는 금액이길 바라는가?

바로 지금 죽은 사람이든 산 사람이든
누구에게나 전화를 걸 수 있다면,
그 사람은 누구인가?

나는

◇◇◇

각 행에 적힌 두 가지 중
당신의 성격을
더 잘 설명한다고 여겨지는 쪽에
동그라미를 치십시오.

불안하다	or	평온하다
고집이 세다	or	융통성이 있다
겁이 없다	or	신중하다
근심이 많다	or	태평하다
큰 그림을 본다	or	꼼꼼하다
경쟁심이 강하다	or	느긋하다
빠르다	or	느리다
여유 있다	or	조급하다
내성적이다	or	외향적이다

마지막 것들

◇◇◇

짧은 순간은 바람과 함께 휙 날아가 버립니다.
그렇게 덧없이 날아가는 한순간을
과연 붙잡을 수 있을까요?
영화 〈베스트 키드〉 원작에서 미야기 사부가
젓가락으로 파리를 잡아채듯이 말이에요.

마지막으로 본 영화

마지막으로 읽은 책

마지막으로 본 공연

마지막으로 울었을 때

마지막으로 들었던 노래

마지막으로 무서웠을 때

마지막으로 춤췄을 때

마지막으로 화냈을 때

마지막으로 웃었을 때

마지막으로 취했을 때

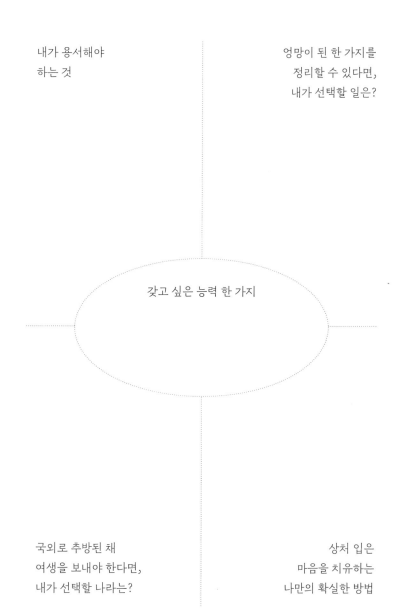

내가 용서해야
하는 것

엉망이 된 한 가지를
정리할 수 있다면,
내가 선택할 일은?

갖고 싶은 능력 한 가지

국외로 추방된 채
여생을 보내야 한다면,
내가 선택할 나라는?

상처 입은
마음을 치유하는
나만의 확실한 방법

내가 직접 만들어본 최고의 음식 세 가지

1.

2.

3.

세상을 구하기 위해
나와 가까운 사람 한 명을
희생해야만 한다면,
그 사람은 누구인가?

집에 불이 난다면 꼭 챙겨 나올 세 가지

1.

2.

3.

한 단어로 말하기

◇◇◇

빠르게 생각하세요.
아예 생각하지 않으면 더 좋습니다.
머릿속 필터를 피해 곧장 핵심으로 들어가십시오.
머뭇거리지도, 깊이 생각하지도 마십시오.
이래저래 따질 것도 없습니다.
당신이 원하는 것을 각각 딱 한 단어로 말해보세요.

나의 직업

나의 배우자

내 몸

나의 연애 관계

나의 안식처

나의 두려움

내 어린 시절

내가 탐닉하는 것

나의 열정

나의 치명적 약점

내가 후회하는 것

(성적으로) 나를 흥분시키는 것	(성적으로) 나의 흥분을 가라앉히는 것
나의 영웅	나의 미래
나의 환상	나의 죄
나의 가장 큰 장점	나의 나쁜 버릇

결과가 하나하나를 합한 것보다 더 큽니다

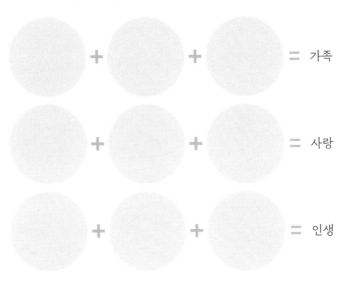

$=$ 가족

$=$ 사랑

$=$ 인생

친구들 중
인생을 제대로 살고 있는
사람은 누구인가?

아무런 노력 없이도 머릿속에 세 가지 언어를
완벽히 자리 잡게 할 수 있다면, 내가 선택할 언어는?

죽은 사람을 딱 한 명 되살릴 수 있다면,
누구를 선택할 것인가?

지금 내 인생에서 가장 큰 에너지를
낭비하는 한 가지

얼굴에 주먹을 날리고 싶은 사람들

시대를 거슬러 올라갈 수 있다면,
내가 직접 목격하고 싶은 역사적 사건은?

나에게 금기인 것, 친한 친구들과도
터놓고 이야기할 수 없는 것은?

내가 용서해야 하는 사람들

나에게 의미 있는 사람들

나에게 의미 있는 장소들

내가 정말 터무니없는 일이라 생각하는 것들

할 수 있다면 영원히 사라지게 하고 싶은 한 가지

나의 부모님을 다섯 단어로 표현하면

1.

2.

3.

4.

5.

내 인생에 가장 큰 구멍을 남긴 것

내가 가질 수 없다는 조건으로
오늘 내게 2천만 원이 생긴다면, 무엇을 할 것인가?

지금 이 순간 내가 가장 원히 는 것

나와 어머니의 관계를
한 단어로 표현하면?

나와 아버지의 관계를
한 단어로 표현하면?

내 인생을 다루는 할리우드 영화를 만든다면,
그 영화의 제목은?

_____

그리고 그 영화의 캐스팅 명단은?

나   역에

역에

역에

역에

역에

역에

내 인생을 다루는 영화의
오프닝 크레디트와 함께 나올 음악

_____

내 인생을 다루는
영화의 주제곡

_____

내 인생을 다루는 영화의
클로징 타이틀과 함께 나올 음악

종교를 세 단어로 표현하면?

모르는 사람들로 북적이는 술집에서 노래방 기계 반주에 맞춰
한 곡 뽑아야 한다면, 어떤 곡을 선택할 것인가?

_____

저녁 식사를 겸한 파티를 열고
세 명(현존하든 아니든)을 초대할 수 있다면,
누구를 초대하겠는가?

내 아이들(태어났든 아니든)의 이름은?

내 현재 연애 상황을
한 단어로 표현하면?

나에게 의미 있는 것들

나의 특성

◇◇◇

솔직해집시다.
당신은 만나는 사람을 모두 평가합니다.
우리 모두 그러죠.
변화를 위해 자기 자신을
평가해보는 건 어떨까요?

정직	①	②	③	④	⑤	⑥	⑦	⑧	⑨	⑩
너그러움	①	②	③	④	⑤	⑥	⑦	⑧	⑨	⑩
용서	①	②	③	④	⑤	⑥	⑦	⑧	⑨	⑩
행복	①	②	③	④	⑤	⑥	⑦	⑧	⑨	⑩
충성	①	②	③	④	⑤	⑥	⑦	⑧	⑨	⑩
개성	①	②	③	④	⑤	⑥	⑦	⑧	⑨	⑩
유머 감각	①	②	③	④	⑤	⑥	⑦	⑧	⑨	⑩
지성	①	②	③	④	⑤	⑥	⑦	⑧	⑨	⑩
포용력	①	②	③	④	⑤	⑥	⑦	⑧	⑨	⑩
재능	①	②	③	④	⑤	⑥	⑦	⑧	⑨	⑩
자신감	①	②	③	④	⑤	⑥	⑦	⑧	⑨	⑩
겸손함	①	②	③	④	⑤	⑥	⑦	⑧	⑨	⑩
다정함	①	②	③	④	⑤	⑥	⑦	⑧	⑨	⑩
관용	①	②	③	④	⑤	⑥	⑦	⑧	⑨	⑩
꾸밈없음	①	②	③	④	⑤	⑥	⑦	⑧	⑨	⑩
건강	①	②	③	④	⑤	⑥	⑦	⑧	⑨	⑩
창의성	①	②	③	④	⑤	⑥	⑦	⑧	⑨	⑩
패션 감각	①	②	③	④	⑤	⑥	⑦	⑧	⑨	⑩

하도 많이 들어서 지겨워 죽겠는 말

보는 사람이 아무도 없다면 내가 하고 싶은 것

내가 가진 것 중
가장 가치 있는 것

죄책감을 느끼면서도 너무 좋아 끊을 수 없는 것

_____

_____

_____

_____

오늘 당장 한 가지를 사라지게 할 수 있다면 그것은?

_____

_____

_____

_____

내가 남몰래 써먹는 기술

_____

_____

_____

_____

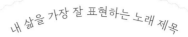
내 삶을 가장 잘 표현하는 노래 제목

앞으로 2주밖에 살 수 없다면
내가 할 일은?

_____

_____

그만두고 싶은데도
내가 계속하는 한 가지

_____

_____

요즘 벌어지고 있는
세계의 사건 중 하나를 바꿀 수 있다면,
그 사건은?

내가 걱정하는 것

단어 연상

◇◇◇

'인생' 하면 어떤 단어가 떠오릅니까?
생각하지 마세요. 그냥 머릿속에 떠오르는
첫 번째 단어를 적으면 됩니다.
당신의 잠재의식에 발언권을 넘겨주세요.
우연의 마력을 통해 당신 자신에 대해
발견하게 되는 것에 아마 깜짝 놀랄 겁니다.

인생		종교	
일		지배	
신뢰		사랑	
명성		가족	
용서		희생	
약점		나이	
죽음		정직	
규율		전쟁	
거짓		성공	
슬픔		욕망	
과거		두려움	
과잉		집	
증오		미래	
결백		실패	
피해자		유머	
후회		부러움	
엄마		운명	

세상에서 나와 가장 가까운 세 사람을
각각 세 단어로 표현하면?

1.

2.

3.

1.

2.

3.

1.

2.

3.

내가 싫어하는 다섯 가지

1.

2.

3.

4.

5.

아무도 모르게 내가 행한 가장 좋은 일

무슨 일이 생기든 끝까지 내 곁에 있어줄 사람은?

내 인생에 대한 만족도를 점수로 매긴다면?

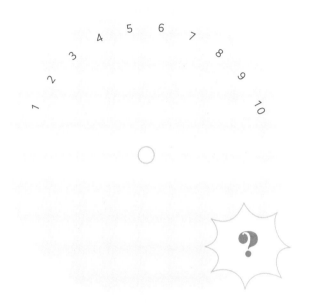

어떻게 하면 10점이 될까?

나의 가장 어두운 비밀

나에 관한 잡다한 정보들

출생지	자선 활동
형제자매	신문
현재 거주지	잡지
사회계층	음료
직업	아침 식사
별자리	애피타이저
지지 정당	메인 요리
알레르기	디저트
반려동물	식당

술집	컴퓨터
클럽	브랜드
호텔	가게
옷	추억의 맛
신발	취미
자동차	심심풀이
핸드폰	팀
카메라	게임
꿈의 직업	웹사이트
구독	TV 프로그램

나에게 가족이란

나에게 가장 큰 영향을 준 조언

내 인생을 얼마나 잘 통제하고 있다고 생각하는가?

1   2   3   4   5   6   7   8   9   10

어떻게 하면
10점이 될까?

내가 꿈꾸는 직업

내가 좋아하는 음식

내가 소유한 물건 중 가장 귀중한 것

나의 완벽한 토요일 밤

내가 몇 번이고 바랐던 일

나의 숨은 재능

내가 진짜 못하는 것들 | 몇 번이고 다시 봐도
질리지 않는 한 편의 영화

내 인생의 역대급

노래	예술가
앨범	휴가
공연	도시
장소	스승
영화	단어
책	TV 프로그램
밴드	

소중한 것

돈으로 살 수 없는 것들

일탈

◇◇◇

옳은 일이 언제나 옳기만 한 건 아닙니다.
오히려 잘못일 때도 있어요.
합리적인 사람들은 기본적으로 얼간이들입니다.
이게 앞뒤가 안 맞는 소리처럼 들릴지 몰라도,
사실이 그런걸요.
세상이 잘못됐는데, 그런 세상의 관점에서
잘못된 일이란 게 어찌 잘못일 수 있을까요?

+ 벌거벗고 수영하기   + 경찰차 타보기

+ 술에 취하기   + 싸움하기

+ 누군가 또는 무언가의 죽음을 목격하기

+ 밤새 파티하기   + 담배 피우기

+ 해고당하기   + 상처 꿰매기

+ 허세 부리기   + 문신하기

+ 파티 망치기   + 커닝하기

+ 달빛 아래서 춤추기   + 수업 빼먹기

+ 물건 훔치기   + 음악 축제에 가기

+ 비행기 안에서 섹스하기   + 동성과의 키스

+ 피어싱   + 머리 염색

+ 낯선 이와의 키스   + 상처받을 행동하기

+ 속옷을 입지 않고 외출하기   + 살아 있는 것 먹기

+ 연애하지 않고 섹스만 즐기는 상대 두기

+ 야외에서 섹스하기   + 성형수술

+ 클럽에서 쫓겨나기   + 항의 시위하기

+ 바람피우기   + 복수하기   + 무단결근

+ 시가 피우기   + 제한속도 위반하기

+ 샴페인을 병나발 불기   + 카드 게임 도박

+ 사랑하면 안 될 사람을 사랑하기   + 포르노 구매

+ 스트립 클럽 가기   + 장난 전화

나에게
존재만으로도
고마운
다섯 사람

내가 자주 되뇌는 주문들과
내 인생의 규칙들

Where

am

I

going?

나는

어디로

가고

있는가?

미래
THE FUTURE

자신의 미래를 예측하는 데 필요한 요소는 자기기만입니다.
우리가 뜻한 대로 이루어지게 할 수 있는 일이
있는가 하면, 그럴 수 없는 일도 있으니 난감할 수밖에요.
심지어 의도가 명확할 때조차 그 결과는
늘 천만뜻밖이기 마련입니다.
우리의 의도가 아주 명확한 경우는 별로 없다는
사실이 그나마 다행이랄까요.

당신은 어디로 가고 있습니까?

당신은 어디로 가고 있나요?
어디로 가는 중이냐고요.
그런데 정말, 당신은 어디로 가는 겁니까?
지금은 어디로 가나요? 또 지금은요?

확실히 해둡시다.
당신이 어디로 가고 싶은지 혹은
당신이 꿈꾸는 환상의 최종 목적지가
어디인지를 묻는 게 아니에요.
당신 일상의 리듬 속 패턴을 관찰하고,
그것을 근거로 추론해야 합니다.
이번 장은 매우 진지하게 임하길 당부합니다.
10년 후 다시 읽어보면 훨씬 더 재미있을 거예요.

그럼, 무모한 예측의 해협으로 항로를 설정하고…
이제 출발합시다.

내 미래를 세 단어로 표현하면?

나를 가장
신나게 하는 한 가지

내가 가장
걱정하는 한 가지

내가 생각하는 이상적인 가정

절대 실패하지 않을 걸 안다면 내가 감수할 수 있는 위험

기꺼이 목숨을
바칠 만한 한 가지

내가 내려놓아야 하는 세 가지

1.

2.

3.

양자택일

◇◇◇

이 검사는
MBTI 성격유형검사보다 낫습니다.
명심하세요.
이 얄팍한 세상에서 중요한 것은
당신이 어떤 사람이냐가 아니라
무엇을 좋아하느냐입니다.

과정	or	결과
롤링스톤스	or	비틀즈
매킨토시	or	PC
와인	or	소주
부자	or	유명인
BMW	or	벤츠
단 것	or	짠 것
육식	or	채식
창조론	or	진화론
펩시	or	코카콜라
런던	or	뉴욕
나이키	or	아디다스
차	or	커피
동성애	or	이성애
영화 보기	or	음악 듣기
여름	or	겨울
좌파	or	우파
진실을 말한다	or	벌칙을 받는다

기후 변화는 사실이다	or	허구다
도시	or	시골
사형	or	종신형
히치콕	or	스필버그
미래를 본다	or	과거를 바꾼다
라스베이거스	or	파리
예술	or	과학
명성	or	돈
지성	or	미모
외출	or	칩거
아이폰	or	삼성
더 많은 시간	or	더 많은 돈
서브웨이	or	맥도날드
영화 감상	or	독서
존 레논	or	폴 매카트니
자유	or	보안
산	or	바다

창의력   **or**   지식

문신   **or**   피어싱

돈   **or**   외모

홀수   **or**   짝수

애피타이저   **or**   디저트

모험   **or**   휴식

전화   **or**   문자 메시지

유명인   **or**   예술가

화장   **or**   매장

무조건 우승   **or**   참가에 의의를 둔다

어떻게 이루어지는가   **or**   어떻게 보이는가

형태   **or**   기능

생각   **or**   감정

느리다   **or**   빠르다

낙관주의   **or**   비관주의

현실주의   **or**   이상주의

머리   **or**   가슴

모든 사람이 살면서 꼭
경험해야 한다고 생각하는 것

인류의 미래에 가장 큰 적

내가 꿈꾸는 재회

지금부터 1년을 쉴 수 있다면
하고 싶은 것

요즘 내가 성취하고자 노력 중인 것

나의 다음 도전

소원을 말해봐

나는 _____ 을/를 배우고 싶다

나는 _____ 으로/로 가고 싶다

나는 _____ 을/를 시도해보고 싶다

나는 _____ 을/를 만들고 싶다

나는 _____ 을/를 놓아주고 싶다

나는 _____ 을/를 공부하고 싶다

나는 _____ 와/과 대화하고 싶다

나는 _____ 을/를 보고 싶다

나는 _____ 하는 법을 배우고 싶다

나는 _____ 을/를 바꾸고 싶다

나는 _____ 을/를 돕고 싶다

나는 _____ 을/를 멈추고 싶다

나는 _____ 이/가 되고 싶다

해야 하는데 지금껏 미뤄온 일 세 가지

1.

2.

3.

내 부모가 내게 해줬던 것과는 다르게
내가 내 아이들에게 해줄 한 가지

오늘날 세계가 당면한 가장 큰 과제

미래에는

◇◇◇

예측 게임을 해봅시다!
당신이 미래에 바라는 것은
무엇입니까?

여보세요, 여기는 미래입니다
"10년 후 나는 …"

_____ 을/를 타고 다닐 것이다

_____ 에 집중하고 있을 것이다

_____ 을/를 축하하고 있을 것이다

_____ 에서 살고 있을 것이다

_____ 로 일하고 있을 것이다

_____ 에 관심이 있을 것이다

_____ 이/가 필요할 것이다

_____ 을 배우고 있을 것이다

_____ 에 성공한 사람일 것이다

_____ 에 진지하게 임하고 있을 것이다

_____ 을/를 즐기고 있을 것이다

_____ 로 향하는 길에 서 있을 것이다

_____ 와/과 여전히 연락을 주고받을 것이다

_____ 을/를 찾고자 할 것이다

_____ 을/를 떠난 걸 다행으로 여길 것이다

_____ 에 통달한 상태일 것이다

죽기 전에 꼭 가보고 싶은 장소 10곳

읽고 싶은 책들

1.

2.

3.

4.

5.

6.

7.

8.

9.

10.

내가 좋아하는 노랫말이나 시

10년 후 내 돈이 나오는 곳

은퇴 후 하고 싶은 일

나의 완벽한 장거리 자동차 여행

내가 반드시
우선순위로 두어야 할 것

내가 꿈꾸는 것

내가 절대로 보내지 않을
문자 메시지

아무에게도 털어놓지 않을
나만의 기억

꼭 보내고 싶은 편지

꼭 받고 싶은 편지

나이 듦을 두려워하게 만드는 것들

삶의 마지막 시간을
누구와 무엇을 하며 보내고 싶은가?

어디든 가능하다면, 나는 어디에 묻히고 싶은가?

내 장례식장에 흘렀으면 하는 음악 한 곡

내가 물려줄 유산은?

내 인생의 사운드트랙

♪

♪

♪

♪

♪

♪

♪

♪

♪

♪

지금 맹세하세요

◇◇◇

당신이 맹세할 항목에
동그라미를 치십시오.
또, 당신만의 항목을 추가하세요!

안 된다고
말하기

나의 실수를
스스로
용서하기

후회
남기지 않기

우선순위
매기기

더 많이 자기

나를 위해
사치하기

혁신을
일으키기

더 많이 주기

사랑에 빠지기

책임을 지기

비판을
받아들이기

예술 작품
만들기

나 자신이
되기

더 열심히
일하기보다
더 영리하게
일하기

걱정 덜 하기

남들 돕기

더 많이
사랑하기

변화를
받아들이기

더 많이 듣기

미워하지 않기

기회를 잡기

진실을 말하기

줏대 있게 살기

더 겸손해지기

더 느긋해지기

사과하기

기운 내기

좋은 음식
먹기

더 많이 웃기

더 많이
여행하기

더 크게
꿈꾸기

어쨌거나
좋게 여기기

인정할 건
인정하기

고마워하기

지금부터 일주일 내로
내가 할 일

지금부터 한 달 내로
내가 할 일

미래는 여기에서 시작된다

지금부터 1년 내로
내가 할 일

지금부터 10년 내로
내가 할 일

내 삶의 규칙

1.

2.

3.

4.

5.

버킷 리스트

◇◇◇

영원한 것은 없습니다. 적어도 인간은.
그러니까 우리 모두는 언젠가 반드시
죽을 수밖에 없지요.
죽음에 관한 소박한 사색을 원동력 삼아
삶을 향한 당신의 열망을 다시금 끓어오르게 합시다.
저승사자가 뼈만 남은 말을
타고 달려오고 있을지 몰라도,
당신은 순순히 삶에 작별 인사를 고하지 않을 것입니다.
최후의 순간에 당신 눈앞을 스치는 장면들이
아름다울 수 있도록,
당신 자신에게 좋은 기회를 선사하세요.

이 목록에 있는 것들을 지우고 나서
자신만의 목록을 만드십시오.

☐ 행복하기	☐ 캠핑
☐ 하프 마라톤	☐ 등산
☐ 철인 3종 경기	☐ 나무 심기
☐ 스키 / 스노보드	☐ 헬리콥터 타기
☐ 카누	☐ 사격
☐ 승마	☐ 배낭여행
☐ 외국어 배우기	☐ 기부
☐ 악기 연주	☐ 암벽등반
☐ 합창단에서 노래하기	☐ 저글링 배우기
☐ 살사 춤	☐ 유언장 작성
☐ 열기구 타기	☐ 젖소 젖 짜기
☐ 스카이다이빙	☐ 플래시몹 참가
☐ 스쿠버다이빙	☐ 무술 배우기

- [ ] 래프팅
- [ ] 체스
- [ ] 도자기 만들기
- [ ] 그림 그리기
- [ ] 단편소설 쓰기
- [ ] 루빅큐브 맞추기
- [ ] 자원봉사 / 모금 활동
- [ ] 창업
- [ ] 오토바이 타기
- [ ] 책 쓰기
- [ ] 헌혈
- [ ] 번지점프

- [ ] 응급처치법 배우기
- [ ] 비행기 조종법 배우기
- [ ] 문신
- [ ] 블로그 운영
- [ ] 헬스장 등록하기
- [ ] 케이크 굽기
- [ ] 나에게 '딱'인 것 찾아내기
- [ ] 명상 배우기
- [ ] 장거리 자동차 여행
- [ ] 요가
- [ ] 뜨개질 배우기
- [ ] 행복하기

내가 죽기 전에 할 일 열 가지

1.

2.

3.

4.

5.

6.

7.

8.

9.

10.

더 적어지길
바라는 것

더 많아지길
바라는 것

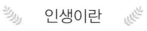

인생이란

자유란 자기 자신만의 정의를
내릴 수 있는 것입니다.

인생이란

_____

후회란

_____

성공이란

_____

아이들이란

_____

죽음이란

_____

행복이란

_____

사랑이란

_____

믿음이란

_____

일이란

_____

돈이란

_____

평화란

_____

종교란

_____

정치란

_____

내가 남겨주고 싶은 지혜

◇◇◇

삶이 9분밖에 남지 않은 당신에게
펜과 종이가 있다고 상상해보세요.
당신이 배운 인생 최고의 교훈을
당신의 자녀나 가까운 누군가에게 남길 수 있습니다.
그들이 평생 간직할 만한 메시지를 남기십시오.
무엇을 전해야만 할까요?
지금 당장 써봅시다!

내가 남겨주고 싶은 것

사랑은?

Love

나의 영감

◇◇◇

당신은 나에게 영감을 줍니다.
더 '살고자' 하는 갈망으로 나를 들뜨게 합니다.
당신이 내게 보여준 방향으로
내가 성장하기를 바랄 수는 있습니다.
단, 당신을 뒤따라 가는 게 아니라
당신이 찾으려 했던 바를 나 또한
찾아가는 것이지요.

my
inspiration

나의 연인

우리의 미래   우리만의 특별한 순간

◇

우리의 노래   우리의 도시

내가 연인에 대해 사랑하는 다섯 가지

1.

2.

3.

4.

5.

성적으로
나를 자극하는 요소들

성적으로
나를 가라앉히는 요소들

◇

내가 연인에 대해
바꾸고 싶은 한 가지

나의 고백

연인이 나를 화나게 하는 다섯 가지

1. _____

2. _____

3. _____

4. _____

5. _____

나의 연인

최고의 야간 데이트

우리의 시작

내가 연인을 사랑하는 이유

만약 이렇다면,
연인을 더 사랑할 것이다

각 행에 적힌 두 가지 성격 중 당신의 연인을
더 잘 설명한다고 여겨지는 쪽에 동그라미를 치십시오.

불안해한다	or	침착하다
고집이 세다	or	융통성 있다
대담하다	or	신중하다
침울하다	or	명랑하다
큰 그림을 본다	or	꼼꼼하다
경쟁심이 강하다	or	협조적이다
비관적이다	or	낙관적이다
느긋하다	or	조급하다
의심이 많다	or	잘 믿는다

미래의 나에게 보내는 편지

미래를 위한 나의 계획

타임캡슐

따라 말해보세요….

나는 생각 없이 명령에 따르지 않겠다.

이제 그 말은 잊고 내가 시키는 대로 하십시오.
왜냐하면 나는 당신이니까요.
나는 당신 머릿속의 목소리입니다.

1부터 10까지 중 숫자 하나를 골라보세요.
오렌지 껍질을 까서 어깨너머로 던지세요.
주사위를 굴리세요. 실제로 결단을 내리세요.

몇 년이 흐른 뒤 당신은 또 이 책을 펴고
모든 빈칸을 다시 채울 것입니다.
그러면 당신 자신을 만날 수 있습니다.
계속해 꾸면서 갈수록 흥미를 더해가는
그 이상한 꿈속에서처럼요.

축하합니다.
당신은 '나를 찾는 여정'의 끝에 도달했습니다.
좋은 쪽으로든 싫은 쪽으로든
당신 자신을 조금 더 잘 알게 되었어요.
당신 '자신'이란 건 그저 하나의 구조물이라는 사실,
즉 당신이 매일같이 만들고 다시 만드는 것임을
어쩌면 깨달았겠지요.

여전히 모를 수도 있고요.
이제는 알지도 모르죠.

쓰고 나서 태워버릴 건가요?

BURN
AFTER
WRITING?

이 책의 속편 《이것이 내 영혼의 모습This Is What My Soul Looks Like》을 통해
당신의 여정을 계속하세요.

나를 찾는 비밀의 책

초판 1쇄 인쇄 2020년 12월 18일
초판 1쇄 발행 2020년 12월 30일

지은이 샤론 존스 | 옮긴이 신선해

펴낸이 김남진
편집장 유다형 | 기획·책임편집 이정순 | 디자인 정란
마케팅 정상원 한웅 정용민 김건우 | 경영관리 임종열 김하은

펴낸곳 ㈜가나문화콘텐츠 | 출판 등록 2002년 2월 15일 제10-2308호
주소 경기도 고양시 덕양구 호원길 3-2
전화 02-717-5494(편집부) 02-332-7755(관리부) | 팩스 02-324-9944
홈페이지 ganapub.com | 포스트 post.naver.com/ganapub1
페이스북 facebook.com/ganapub1 | 인스타그램 instagram.com/ganapub1

ISBN 978-89-5736-346-1 03800

가나출판사는 당신의 소중한 투고 원고를 기다립니다. 책 출간에 대한 기획이나 원고가 있으신 분은
이메일 ganapub@naver.com으로 보내 주세요.